TEXTO
Sueli Lemos

Brinquedos trocados

ILUSTRAÇÕES
Samanta Vanz

CB055591

Saíra
EDITORIAL

Copyright do texto © 2021 Sueli Lemos
Copyright das ilustrações © 2021 Samanta Vanz

Direção e curadoria	Fábia Alvim
Gestão comercial	Rochelle Mateika
Gestão editorial	Felipe Augusto Neves Silva
Diagramação	Luisa Marcelino
Revisão	Renata Cardoso

CIP-BRASIL. CATALOGAÇÃO NA PUBLICAÇÃO
SINDICATO NACIONAL DOS EDITORES DE LIVROS, RJ

L579b

Lemos, Sueli

    Brinquedos trocados / texto Sueli Lemos ; ilustração Samanta Vanz. - 1. ed. - São Paulo : Saíra Editorial, 2022.
    24 p. : il. ; 21cm x 21cm.

    ISBN: 978-65-86236-47-7

    1. Ficção. 2. Literatura infantojuvenil brasileira. I. Vanz, Samanta. II. Título.

22-76809
    CDD: 808.899282
    CDU: 82-93(81)

Gabriela Faray Ferreira Lopes - Bibliotecária - CRB-7/6643
23/03/2022 28/03/2022

Todos os direitos reservados à

Saíra Editorial
Rua Doutor Samuel Porto, 396
Vila da Saúde — 04054-010 — São Paulo, SP
Telefones: (11) 5594 0601 | (11) 9 5967 2453
www.sairaeditorial.com.br | editorial@sairaeditorial.com.br
Instagram: @sairaeditorial

*Toda criança deve ter direito ao livre brincar.
É assim que ela dialoga com o mundo.*

Hoje é sábado. Sem escola.
— Obaaaa! Pipo, podemos brincar o dia inteiro. Lola, cadê você? Oh não! Você está em perigo. O sapo gigante te pegou? Vou sair pelo túnel secreto e chegar até o penhasco para salvar você.

5

6

Papai aparece na porta.
— Hum! Sinto cheiro de bolo. Acho que é de chocolate. Vamos tomar café da manhã, filho?
— Espera, pai! A Lola precisa de ajuda, pra não cair do penhasco.
— Nossa, é mesmo! Espere! Eu ajudo.
— Corre, papai!
— Peguei! A Lola está salva!

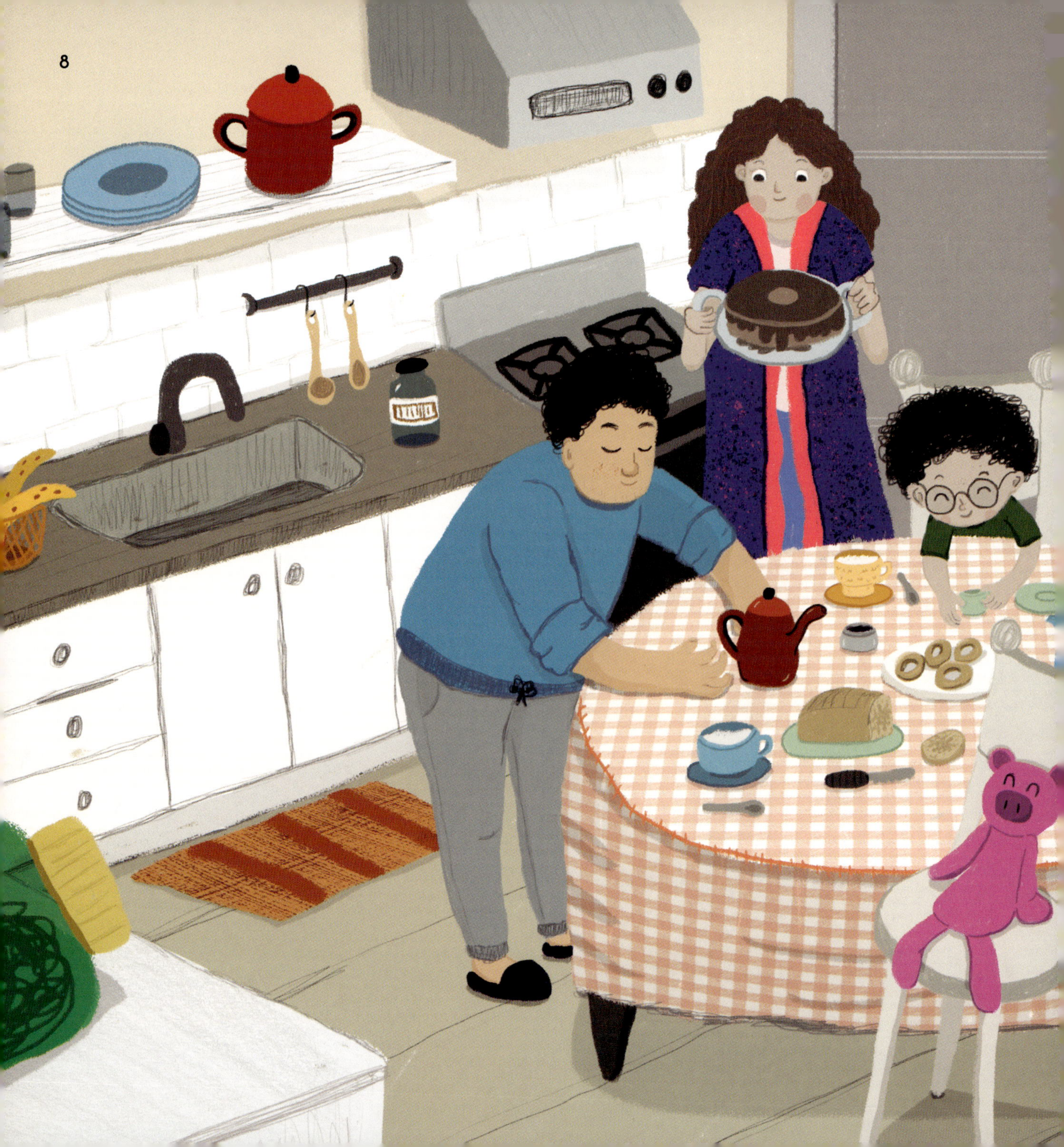

— Bom dia, mamãe! Quero bolo de chocolate com muita cobertura.
— E você, Lola, também quer com cobertura?
— Mamãe, você esqueceu o Pipo!
— Me desculpa, Pipo! Seu bolo também é com cobertura?

Na hora da brincadeira, o parquinho do prédio vira floresta. A casinha de madeira vira um castelo encantado. A Vivi, o Chico, a Alice e eu esvaziamos as mochilas e misturamos os brinquedos. O Chico faz um bolo de pedrinhas muito crocante. A Vivi faz docinhos coloridos de massinha. A Alice e eu pegamos folhinhas para fazer suco verde.

De repente, cabruuumm! A chuva vem rápido. Na casinha entra água por todos os buraquinhos. É hora de guardar os brinquedos. A Vivi e a Alice correm para um lado. O Chico e eu, para o outro. Pronto! Tudo dentro das mochilas.

Já que estamos molhados, vale brincar mais um pouco. A Vivi e a Alice pulam nas poças. O Chico balança os galhos baixinhos para cair mais água. Eu adoro beber água da chuva.
Cabruuumm! Acabou a brincadeira, agora temos de voltar para casa.

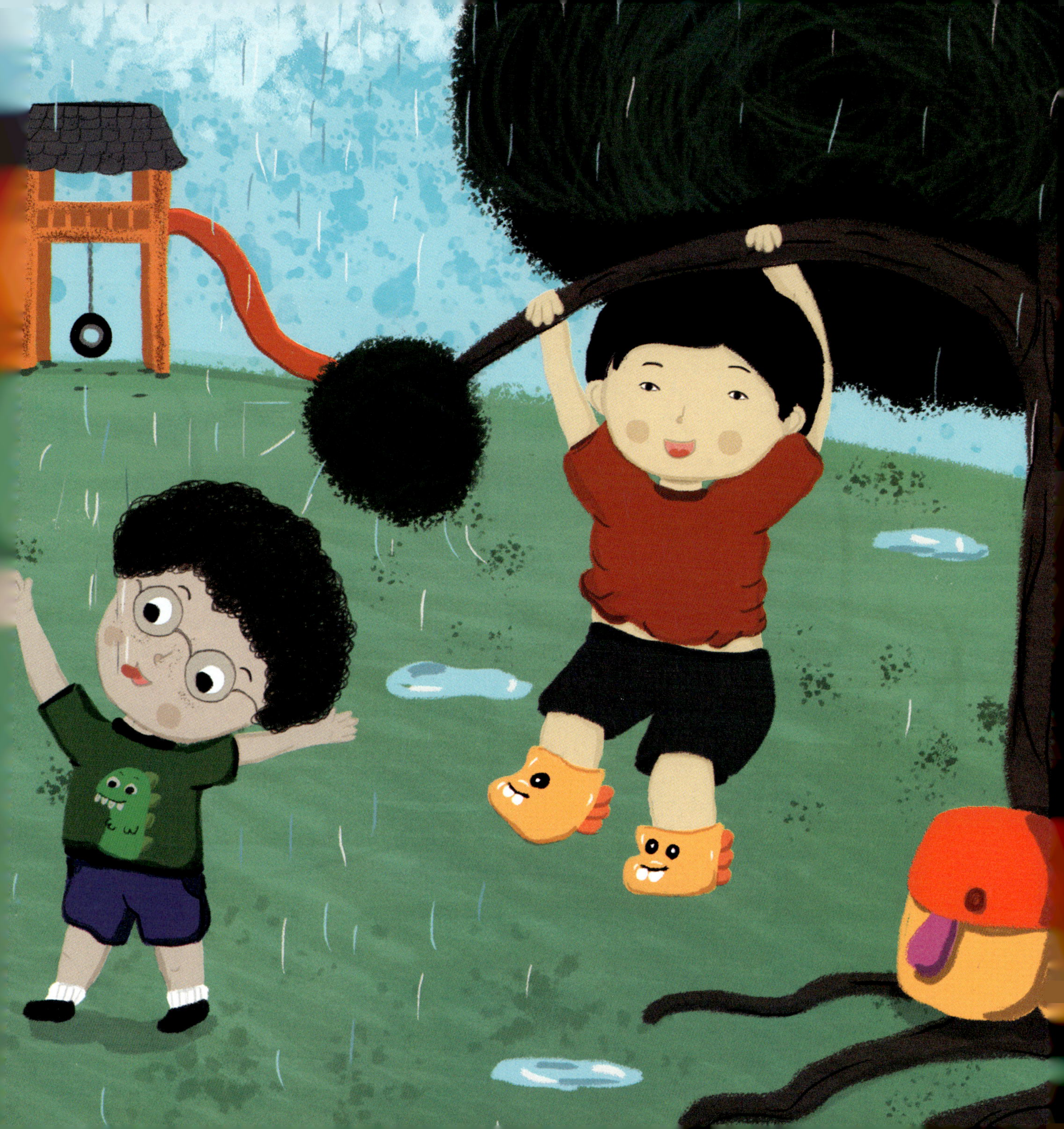

No banheiro tirei a roupa e a mochila molhadas e joguei tudo no chão. Carrinho e avião da Vivi. Bolinha de gude e corda do Chico. Caminhão da Alice.
— Ih! Brinquedos trocados! Cadê o Pipo e a Lola?

15

— Destrocar os brinquedos, só amanhã — disse mamãe.

O jeito é inventar uma nova brincadeira.

No meu quarto, um caminhão de bolinhas de gude, carrinhos e avião ganham estradas e túneis. Brincam o papai, a mamãe e até o sapo gigante.

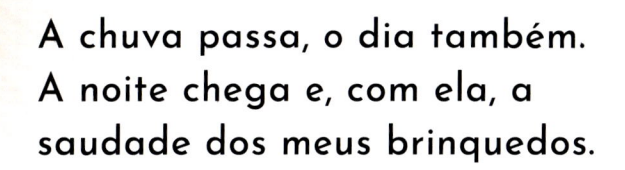

A chuva passa, o dia também. A noite chega e, com ela, a saudade dos meus brinquedos.

18

Na hora de dormir, papai me coloca na cama e conta uma história. Ao meu lado, esta noite, fica o avião da Vivi.

No dia seguinte, hora de destrocar os brinquedos. Volta a chover, e o jeito é ir à casa da Vivi. O quarto dela é grande e muito colorido: tem cabana e até uma cama com escorregador.

A Lola ficou ao meu lado, e eu emprestei o Pipo para o Chico. A Vivi brincou com as bolinhas no caminhão. A Alice quis o avião. Brincamos até mamãe chamar.
Na hora de ir embora, estava combinado: brinquedos trocados também são divertidos.

Sobre a autora

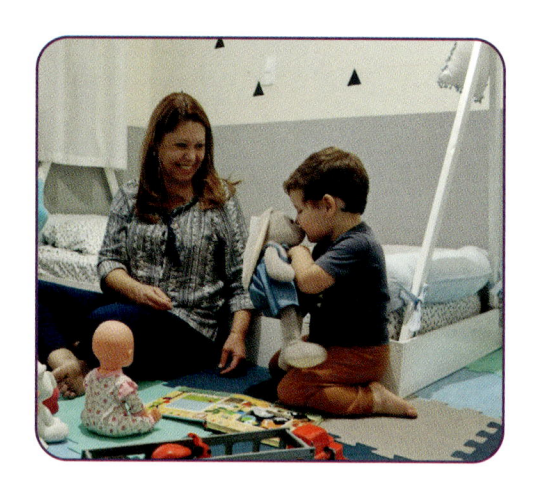

Sou escritora, professora, mãe e avó. Em todas essas funções, minha relação com a criança e o jovem é o que me traz aprendizados e alegrias. Ao longo da minha trajetória, em sala de aula ou em casa com os meus quatro filhos, percebo que brincar é uma das atividades preferidas das crianças. Elas podem usar a imaginação e o faz de conta para serem o que quiserem. As brincadeiras fazem parte do universo infantil, e com elas, além de imitarem a realidade, as crianças também se preparam para o futuro. A história deste livro nasceu como forma de desconstrução do que está estabelecido há anos. Ela tem como proposta dizer que brinquedo não tem gênero. Precisamos oferecer às crianças acesso irrestrito a brinquedos e brincadeiras. Só assim terão liberdade para brincar com o brinquedo que escolherem.

Sobre a ilustradora

Sou designer, ilustradora, professora e mestre em Educação. Nasci em Caxias do Sul, no Rio Grande do Sul, em 1989, e por aqui já vi neve cair! Trabalho criando personagens para crianças há mais de 7 anos – e, se agora eles aparecem em livros, antes eles estavam estampando roupas infantis. Sou apaixonada por animais e, sempre que desenho, tenho a companhia dos meus dois cachorros, o Tião e o Canelinha.

Esta obra foi composta em Josefin Sans e Cooper Std
e impressa em offset sobre papel couché brilho 150 g/m²
para a Saíra Editorial em 2022